LE REMEDE
CONTRE
L'AMOUR.

POËME,

EN QUATRE CHANTS,

DEDIÉ

AUX DAMES AIMABLES.

M. DCC. LXII.

PRÉFACE.

OVIDE, cet Auteur célebre, dont l'Amour conduisit le pinceau, & sur les Ecrits duquel les Graces répandirent des fleurs, m'a fourni l'idée de cet Ouvrage. Mais on remarquera sans peine la différence qu'il y a entre le Poëme latin & le mien. La plûpart des remedes qu'Ovide prescrivit aux Romains, paroîtraient ridicules aux Français. Un Auteur qui conseillerait aux Amans malheureux de se souvenir de ce que leur maîtresse leur a volé, de se défaire de leurs richesses, de ne pas boire de vin, de puiser le dégoût de l'Amour dans la jouissance outrée, &c. serait aussi généralement méprisé à Paris, que le Chantre du Pont fut estimé à Rome.

Ovide fait plûtôt des reprimandes à l'Amour que des excuses. Vous ne devez pas être cause, lui dit-il, qu'un Amant se pende, qu'un autre se poignarde, &c. Il ne distingue point les remedes qui peuvent servir aux Dames; il se contente de leur dire qu'elles prendront pour elles ceux qui leur conviendront. Il semble encore ne vouloir guérir que les Amans épris d'un

Amour trop violent & forcené. Il s'efforce de leur prouver que l'Amour est la cause de leurs tourmens. Il les exhorte à fuir pour toujours ses étendards; & quand il pense qu'ils font guéris, il les quitte, sans leur donner des conseils pour la suite. J'ai pris une route toute différente; je tâche d'appaiser l'Amour en lui disant, qu'il n'est pas la cause des chagrins qu'éprouvent les Amans. Je fais mes efforts pour persuader à ces derniers qu'ils ne font malheureux qu'en conséquence de leur mauvais choix. Je leur conseille d'en faire un nouveau avec attention & avec prudence, pour leur faire goûter les douceurs d'un engagement bien assorti, & pour les convaincre que l'Amour, loin d'être un Tyran, est le Dieu de la Félicité.

J'ai cru que mon sujet exigeait un style simple & concis, des vers enfantés par une aimable négligence; & que mon Ouvrage devait acquérir par degré plus de force & de volupté. Enfin j'ai consulté des personnes célebres par le génie, l'esprit, le bon goût & la délicatesse. J'ai fait usage de leurs avis; elles ont paru contentes de l'exécution de mon plan. C'est une bagatelle qui, sans doute, n'excitera la critique ni des insectes ni des aigles du Parnasse. S'il leur prend envie de la censurer, je regarderai

celle des premiers comme un effet de leur ja-
loufie, celle des feconds me fervira d'encou-
ragement, & pour toute réponfe je me corri-
gerai.

Fin de la Préface.

EPITRE
A VOUS-MÊME,
MAD.

TRansporté, par un songe, au haut de l'Empirée,
J'ai cru voir, cette nuit, la belle Citherée,
L'aimable Hébé, le Dieu qu'invoquent les Amans,
Les Graces, les Vertus, les Muses, les Talens,
Qui d'un air satisfait recevaient mon Poëme.

    Charmé de ce succès flatteur,
    Je me croyais un Dieu moi-même ;
Quand Morphée, en fuyant, a détruit mon erreur.
Que vois-je ? Est-il bien vrai ! vous lisez mon
    Ouvrage :
Quoi ! vous me permettez de vous en faire hommage.
Ah, dois-je craindre encore un trop fatal réveil ?
    Non, vous réalisez mon songe ;
    Mon bonheur n'est plus un mensonge.
Et j'étais moins heureux dans les bras du sommeil.

Fin de l'Epître.

LE REMEDE
CONTRE
L'AMOUR.

EXORDE.

L'Amour piqué du titre de cet Ouvrage, y applaudit ensuite, sur la courte analyse que lui en fait l'Auteur.

CE titre était tracé, quand le Dieu de Cithere
Parut & m'arrèta : quoi, dit-il, téméraire,
Tu ne redoutes point le plus puissant des Dieux !
Non, m'écriai-je, Amour, non, je fais beaucoup
    mieux :
Mon ame t'idolâtre, & je serais coupable,
En redoutant un Dieu bienfaisant, tendre, aimable.
Voué, presque en naissant, aux charmes des plaisirs,
Au rang de tes bienfaits je compte mes soupirs.

Que deux tendres Amans, qu'un même cœur anime,
Qui sentent des transports épurés par l'estime,
Sur l'aîle des desirs volent entre tes bras,
Qu'ils moissonnent les fleurs qui naissent sous tes pas,

A iv

Loin de vouloir fermer leur ame à la tendreſſe ,
J'approuve leur ardeur , leurs tranſports , leur ivreſſe ;
Qu'ils cueillent de Paphos les fruits délicieux ;
Dans le ſein des plaiſirs qu'ils deviennent des Dieux.
Mais mille jeunes cœurs naïfs , ſans défiance ,
Eblouis & trompés par la fauſſe apparence ,
Gémiſſent dans les fers d'un perfide vainqueur ,
Qui d'Amante ou d'Amant n'a que le nom flatteur ;
Ils penſent te devoir leurs ſanglots & leurs larmes ;
Ils tremblent à ton nom ; ils abhorrent tes armes ;
Leur prouver ta douceur en guériſſant leurs maux ,
Voilà quel eſt , Amour , le but de mes travaux.

Je dis . . . ce Dieu charmant , de qui la douce flamme
Vivifie & nourrit & maîtriſe notre ame ,
De l'œil & d'un ſoûrire approuvant mon projet ,
Me permet de traiter un ſi noble ſujet.
D'une main complaiſante il cherche ſous ſon aîle ,
Choiſit , d'un air flatteur , ſa plume la plus belle ,
Prend , pour la bien tailler , le trait le plus tranchant ,
L'eſſaye & s'applaudit , & m'en fait un préſent.
Hélas ! il diſparaît , & ſa cour ſuit ſes traces :
Heureux , auprès de moi , s'il eût laiſſé les Graces.

CHANT I.

Le mauvais choix cauſe tous les chagrins des Amans.

Conſeils propres à guérir les Amans malheureux de l'un & de l'autre ſexe.

O Vous, qui vous plaignez des amoureuſes loix,
Apprenez que vos maux naiſſent de votre choix.
Je veux vous affranchir d'un cruel eſclavage ;
Je veux qu'un ſort plus beau faſſe votre partage ;
Je changerai vos fers en guirlandes de fleurs ;
Vous chanterez alors l'Amour & ſes douceurs.
Répands ſur mes Ecrits, Dieu de la Poéſie,
Ce charme naturel qu'enfante le génie.
L'air négligé me plaît : mon cœur eſt enchanté,
Quand je vois, le matin, une jeune beauté,
Qui n'a de vermillon qu'une legere couche,
Un ſimple battant-l'œil, un ruban, une mouche ;
Celle qui ſous trop d'art déguiſe ſes appas,
Me frappe, m'éblouit, & ne me touche pas.

Divinités du Tems, vous à qui la Nature
A prodigué l'eſprit, le bon goût, la figure,
Trop ſenſibles Beautés, vous que condamne aux pleurs
Un perfide comblé des plus tendres faveurs ;
Galans infortunés, vous de qui la tendreſſe
Eſt aſſervie aux loix d'une indigne maîtreſſe,

Dans mes fages confeils, puifez votre bonheur ;
Triomphez du tyran qui vous perce le cœur.
Par ma voix, la raifon vous fournira des armes ;
Dérobez-vous aux traits qui font couler vos larmes ;
Bravez leurs coups mortels, changez votre deftin,
Etouffez le ferpent qu'enferme votre fein.

Faites-vous de vos maux la plus horrible image,
Empruntez le pinceau du dépit, de la rage ;
Rappellez-vous le tems où vos foupirs, vos pleurs
Etaient récompenfés par des regards moqueurs ;
Songez combien de fois, loin de calmer vos craintes,
En frédonnant un air on a reçu vos plaintes.
N'a-t-on pas partagé vos tranfports les plus doux ?
Eft-on venû trop tard à quelque rendez-vous ?
A-t-on flatté quelqu'un d'un foûrire agréable ?
A-t-on fait à quelque autre un accueil favorable ?
Cherchez, n'oubliez rien. Chacun de ces canaux
Peut à peine arrofer vingt frêles arbriffeaux ;
Voyez, non loin de nous, leur onde réunie,
Sous fes flots bouillonnans éteindre un incendie.

Craignez, fuyez l'afpect de deux cœurs amoureux ;
Leur tendre épanchement irriterait vos feux.
Verrez-vous de fang froid un Amant, une Amante
Epris & tranfportés d'une flamme naiffante ;
Qui peignant les attraits du plus charmant des Dieux,
Expriment leurs defirs de la bouche & des yeux ?
Verrez-vous de fang-froid leur trouble, leur délire,
Cette tendre fureur que l'amour leur infpire ?
Elle enflamme leurs yeux & fait pâlir leur tein.
Que vois-je ? dévoilant l'yvoire d'un beau fein,
L'Amant le fait rougir fous une bouche ardente.

Quel exemple ! fuyez , la scene est trop touchante !
Un spectacle pareil n'est fait que pour les Dieux ;
Craignez pour votre cœur le plaisir de vos yeux.

Dans le premier transport d'une douce défaite,
La plume sert le cœur, elle est son interprete :
Un esprit délicat, empruntant son secours,
Touche plus vivement l'objet de ses amours :
Par elle, sans rougir, une Amante timide
Dévoile par degrés le penchant qui la guide :
Par elle, de l'absence, on charme les tourmens,
Et l'on brave les soins des jaloux, des tyrans ;
Elle nourrit l'ardeur d'une flamme chérie ;
Mais souvent elle sert la noire perfidie.
Avec un soin exact cherchez vos billets doux ;
Songez que ces écrits conspirent contre vous ,
Déjà plus d'une fois ils ont sçu vous surprendre.
Quoi ! vous lancez sur eux le regard le plus tendre ?
Hélas, vous vous perdez ! commandez à vos yeux ,
Gardez-vous d'écouter leur desir curieux ;
Si vous lisez un mot de ces perfides gages ,
Votre cœur oubliera les plus cruels outrages ;
Que le feu , dévorant ces écrits imposteurs ,
Vous venge & vous dérobe à de plus grands malheurs.

Empruntant le secours de l'aimable Peinture ,
L'Amour cache ses traits sous une miniature.
Renvoyez un portrait qui vous serait fatal ;
Il est plus dangereux que son original.
D'un pinceau délicat, *Vincent*, nouvel Appelle ,
A peint exactement une peau fine & belle ,
Des yeux touchans où regne une tendre langueur ,

Une bouche qu'anime un soûrire enchanteur,
Une figure noble, aimable, intéressante,
Une gorge d'albâtre, une taille charmante :
Mais traçant les beautés, a-t-il peint les défauts ?
Une humeur inconstante, un esprit, un cœur faux ?
Craignez de ce portrait la douceur mensongere,
Songez que sous ces fleurs se cache une vipere.

La lecture adoucit les maux les plus cuisans ;
Lisez, mais n'ouvrez pas des livres trop touchans.
Je vous défens sur-tout ces vers pleins de tendresse,
Enfans nés dans le sein d'une douce mollesse,
Qui peignent le plaisir avec le sentiment,
Qui nous font palpiter le cœur en les lisant.
Je me sens attendrir par les vers de Catulle,
Et je suis tout de flamme en parcourant Tibulle.

Sur le bord de la Seine est un charmant séjour,
Que la nature & l'art décorent pour l'Amour.
Dans ces lieux enchantés la noble Architecture,
Le marbre façonné des mains de la Sculpture,
Un bois délicieux, des tapis verdoyans,
Frappent les yeux surpris, & ravissent les sens.
Mille brillantes fleurs, que Zéphire caresse,
Font avec leurs parfums respirer la tendresse.
Tout y charme le cœur. Les amoureux oiseaux,
Mêlant leur doux concert au murmure des eaux.
Semblent dire aux Amans : « Habitez ces retraites,
» Goûtez-y, comme nous, des délices parfaites ;
» Volez, ne craignez point de former des desirs ;
» L'immortelle Beauté que suivent les plaisirs,
» La volupté, l'Amour y résident sans cesse ».

C'eſt-là que tous les ſoirs une vive jeuneſſe,
Vole de toutes parts dans des chars éclatans,
Pour diſputer le prix à force d'agrémens.
Tout y ſent le deſir & d'aimer & de plaire,
Si j'en crois mes tranſports, c'eſt Gnide, c'eſt Cithere.
Là, des yeux animés par le feu le plus beau,
Recelent de l'Amour les traits & le flambeau.
Ici ce ſein naiſſant porte par-tout la flamme;
Son tendre élancement fixe les yeux & l'ame.
Cette taille divine & ſon contour parfait,
Font envier le ſort d'un bienheureux corſet.
D'un bouquet de pompons la tête couronnée,
Et d'un ſceptre brillant la main toujours ornée,
Cidaliſe fait voir qu'elle eſt Reine des cœurs.
Qu'on ne s'expoſe point dans ces lieux ſéducteurs.
Pouſſé vers ces écueils par un deſtin contraire,
Si l'on voit le Tyran dont on veut ſe défaire;
Qu'on affecte un ton gai, qu'on prenne un air ſerain,
Qu'on déguiſe avec ſoin ſon trouble & ſon chagrin.
Point de reproche amer, point de tendre murmure,
Paraiſſez oublier juſqu'à votre rupture.
Que voi-je ! pour vous vaincre on a recours aux pleurs :
Loin d'en être attendri, redoublez vos froideurs.
Il eſt touchant de voir un objet plein de charmes,
Qui baiſſe, en ſoupirant, des yeux noyés de larmes,
Inonde un tein de lys, & ſemble demander
Un généreux pardon, qu'on brûle d'accorder.
Songez qu'il eſt des yeux inſtruits & pleins d'adreſſe;
Leurs pleurs prouvent la ruſe, & non pas la tendreſſe.
Vous molliſſez.... un rien agite les roſeaux.....
Ce rocher ſourcilleux eſt ferme au ſein des eaux.....

CHANT II.

Remedes propres aux hommes seulement.

Histoire de Damon & de Thémire.

Vain du nom de Docteur, un enfant d'Esculape
Craint souvent qu'à ses loix un malade n'échappe.
Moi qui, dans Montpellier, ne fis jamais mes cours,
Moi qui n'ai consulté qu'Ovide & les Amours,
Moi qui demande aux Dieux, pour unique salaire,
La gloire d'être utile & le bonheur de plaire,
Moi qui n'ai point juré d'éterniser les maux,
Moi qui suis Galien par des sentiers nouveaux,
Qui n'ai pas dans mes mains les cizeaux de la Parque,
Je veux vous dérober à la fatale barque.
Vivez, soyez heureux, mon cœur sera content.

Galans, c'est à vous seuls que je parle à-présent.
Le Dieu que l'on nous peint dans la plus tendre enfance,
Se jette dans les bras de la molle indolence.
Oui, c'est l'oisiveté qui nous rend amoureux ;
C'est elle qui fait naître & qui nourrit nos feux.
Autant qu'une Coquette éprise de ses graces,
Se plaît dans un sallon orné de mille glaces,
Autant le tendre Amour chérit un cœur oisif ;
Il regne en souverain sur ce faible captif ;
Mais le moindre travail lui cause des allarmes :
Occupez-vous, Amans, vous briserez ses armes.

Si vous êtes doué d'un efprit créateur,
Faites gémir la preffe, inftruifez le Lecteur ;
Etudiez les Loix, & devenez le pere
De l'Orphelin qu'opprime un Tuteur mercenaire.
Ou bien, bravant Vénus fous les drapeaux de Mars,
Suivez Broglie & Soubife à-travers les hazards ;
Méritez de Choifeul un regard favorable ;
Songez que ce Miniftre habile, infatigable,
Eclaire vos exploits fur la Terre & les Eaux ;
Héros lui-même, il fait connaître les Héros ;
Volez, il vous appelle au Temple de Mémoire.
Sur les pas de Louis, enchaînez la victoire ;
Et par mille hauts faits, fecondant nos Guerriers,
Triomphez de l'Amour à l'ombre des lauriers. *

Du Théâtre Français, le féduifant fpectacle,
A votre guérifon deviendrait un obftacle.
Le Dieu du fentiment ne forma pas en vain
L'immortelle Clairon, la célebre Gauffin.
Les pleurs de Melpomene, & les ris de Thalie
Augmenteraient les feux de votre ame attendrie.

Le remede fuivant, que je n'ai point jugé à-propos d'inférer dans le corps du Poëme, fera peut-être celui qui fervira à un plus grand nombre de perfonnes.

* Vous frémiffez, que vois-je : ah, le faible courage !
Vous craignez les fifflets, le travail, le carnage :
Votre crainte eft fondée. Apprenez le moyen
D'être occupé beaucoup, fans faire jamais rien.
Du moderne Procope affiégez la boutique ;
Là, devenu Savant, Guerrier, & Politique,
A Thémis, aux neuf Sœurs, vous dicterez des loix ;
Et vous ferez le fort des Peuples & des Rois.

Chaque Actrice à son gré nous range sous ses loix ;
L'Amour entre leurs mains a remis son carquois.

Redoutez l'Opéra, son éclat, ses merveilles :
Arnoult blesse les cœurs en frappant les oreilles.
Dieux ! comment résister aux doux enchantemens
Que forment la beauté, les graces, les talens.

Quoi ! malgré mes conseils vous n'êtes pas tranquille ?
Quels soupirs ! que de pleurs ! abandonnez la ville :
Fuyez votre cruelle & son fatal séjour ;
Peut-être fuirez-vous en même tems l'Amour.
Bravez tous les dangers, que rien ne vous arrête.
Le plus vil matelot affronte la tempête ;
Brave Eole en fureur, lutte contre les mers,
Pour dérober ses bras à la honte des fers ;
Et loin d'être touché des beautés d'une plage,
Il la fuit sans regret quand il fuit l'esclavage.

Souvent mille incidens traversent nos desseins.
Si vous ne pouvez fuir dans des Pays lointains,
Partez, bravez l'Amour dans le prochain village ;
A la douceur des champs livrez-vous sans partage.
Cérès, pendant l'été, flottant sur les sillons,
Charmera vos regards par l'or de ses moissons.
Au printems, vous verrez les larmes de l'Aurore
Briller sur les présens de Vertumne & de Flore.
Quand l'hiver rangera Neptune sous ses loix,
Qu'un lut, auprès du feu, résonne sous vos doigts ;
Dans l'automne, enrichi d'une liqueur vermeille,
L'Amour sera banni par le Dieu de la Treille.

La

La chaſſe peut encor diminuer vos maux :
Portez dès coups mortels dans l'air & ſous les eaux.

Eſſayez de calmer vos troubles & vos peines
Dans les perfides bras qui forgèrent vos chaînes.
Paraiſſez empreſſé, voyez votre vainqueur,
Avant que l'art lui prête un ſecours impoſteur :
Peut-être vainement chercherez-vous ces charmes
Dont l'éclat, quoique faux, vous fit rendre les armes ;
Et ſi l'on ſe dérobe à vos empreſſemens,
De votre guériſon ces ſoins ſont les garans.

Autour de ſa toilette une femme jolie,
Voit d'un air ſatisfait groſſir la compagnie :
Tout y flatte ſon goût, tout ſert ſes agrémens,
Tout ſous ſes étendarts range des Soupirans.
Un peignoir avec qui le Zéphire badine,
Gliſſe & découvre aux yeux une épaule divine ;
On veut le relever, on ſe courbe, & le ſein
Se mutine & franchit les barrieres du lin.
De ce charmant deſordre on feint d'être troublée,
On appelle à ſon aide une main potelée,
Qui ſe fait admirer, & découvre à ſon tour
L'yvoire éblouiſſant d'un bras fait par l'Amour.
Le Spe∂ateur charmé lorgne tout, & deſire ;
La belle qui le voit ſe rengorge & s'admire ;
Son eſprit enhardi ſe joint à ſa beauté,
Elle ravit les cœurs par ſa vivacité :
Cent brillans précieux, témoins de ſa victoire,
Elevent ſur ſa tête un trophée à ſa gloire.
L'elixir enfermé dans cent flacons divers,
Se répand à grands flots & parfume les airs.

B

* Les femmes qu'outragea la bizarre nature,
Celles à qui les ans sillonnent la figure,
Choisissent prudemment un réduit à l'écart,
Pour cacher leur laideur sous le masque de l'art.
Tentez mille moyens, voyez votre maîtresse ;
Tandis que d'une main, conduite par l'adresse,
Sa discrete Marton, à grands coups de pinceau,
Lui peint en beau pastel l'iris d'un tein nouveau ;
De sa bouche sans dents rétablit la parure ;
De cheveux étrangers lui forme une coeffure ;
Bientôt vous cesserez d'aimer des agrémens
Qu'enfantent l'artifice & le goût des Marchands.

Le jeune & beau Damon logé près de Thémire ;
Pour elle ressentait ce que l'Amour inspire.
Toujours plus amoureux, chaque heure, chaque instant
Augmentaient les desirs du plus sincere Amant.
Un cœur bien enflammé trouve-t-il des cruelles ?
Thémire, de ce feu, sentait les étincelles ;
Elle le témoignait par des regards flatteurs :
Mais qu'elle vendait cher ces momens enchanteurs !
Elle était tyrannique, importante, legere ;
Elle avait l'esprit faux, un mauvais caractere.
L'Amant persécuté, le dépit dans le cœur,
Jurait de s'affranchir de ce fatal vainqueur.
Le projet était beau ; mais la perfide Amante
Offrait à ses regards une brune piquante :
Ses sourcils bien tirés ombrageaient deux beaux yeux ;
Son sein, qui paraissait le chef-d'œuvre des Dieux,

---

* S'il n'y avait pas de femmes laides, les jolies n'auraient
aucun avantage. C'est ce qui m'a engagé à faire le portrait de
telles qui doivent leurs attraits à l'art.

Au fage Caton même eût fait rendre les armes ;
Du moment que Damon en contemplait les charmes,
Ses plus fages deffeins cédaient à fes defirs ;
Il était entraîné par l'attrait des plaifirs.
Un jour écoutant trop les tranfports de fon ame,
Il allait à midi rendre hommage à la Dame.
Il arrive à la porte, il la pouffe en tremblant ;
Et bien-tôt un miroir à fes yeux complaifant,
Lui fait voir fa Beauté, qui, dans fon lit affife,
Lifait d'un air ému la nouvelle Héloïfe.
Elle avait feulement fes charmes du matin ;
Ses cheveux, fes fourcils, fon œil droit, & fon tein,
Attendaient au milieu des rubans & des glaces,
Que s'armant pour le foir elle reprit fes graces.
Damon qui n'apperçoit qu'un débris de beauté,
Croyant s'être mépris, recule épouvanté :
Mais il voit ce beau fein pour qui fon cœur foupire,
Il fe trouble, il s'émeut, au moment que Thémire,
Partageant les plaifirs que *Saint-Preux* * lui décrit,
Sent fon cœur trop preffé par fon manteau de lit :
Elle lâche un ruban, & fa gorge, ô difgrace !
En manquant de foutien, change bien-tôt de place ;
Perd dans ce même inftant, pour comble de malheur,
Son élafticité, fa force, fa rondeur ;
Sa peau molle fe ride & s'allonge avec elle ;
C'était le fein d'Hébé, c'eft celui de Cibelle.
Damon guérit . . . . l'Amour fuit loin de fon berceau ;
Et témoin de fa chûte, il croit voir fon tombeau.

   * C'eft le nom qu'on a donné au héros de la nouvelle Héloïfe.

CHANT III.*

Ce qui sert aux hommes peut nuire au beau sexe,
Remedes propres aux Dames seulement.

Histoire d'Orphyse & de Clitandre.

B Eau sexe c'est à vous que va parler ma Muse ;
Trop heureux si ce Chant vous sert & vous amuse ;
Et si vous y trouvez ce bon goût, cet esprit,
Qui dans tous vos propos nous frappe, nous ravit.
Que n'ai-je vos talens, sexe trop adorable !
Je suis audacieux, mais je suis excusable ;
Puisque je ne desire un bonheur aussi doux,
Que pour vous présenter des vers dignes de vous.
On pardonne aisément un jeune téméraire,
Quand sa témérité naît du desir de plaire.

Un regard du Soleil fait fleurir le jasmin,
De la belle-de-nuit il resserre le sein.
Le saule amer chérit les humides campagnes ;
La vigne veut parer le penchant des montagnes :
Ce qui tarit les pleurs des Galans maltraités,
Peut nuire quelquefois à des tendres Beautés.
Quel Auteur nous apprend que la fille de l'Onde
Ait lassé ses pigeons à parcourir le monde ?
Que ridant sur un livre un front plein de candeur,
Elle ait sollicité le bonnet de Docteur ?
Ou que suivant les pas du fier Dieu de la Guerre,

* Le reste de cet Ouvrage ne doit rien à Ovide.

Elle ait, la lance en main, fait l'effroi de la Terre ?
Elle eût épouvanté les Graces & les Jeux ;
Ils auraient pris la fuite & les Ris avec eux.
La Déesse voyage à Paphos, à Cythere ;
Pour unique science, elle aime, elle sçait plaire ;
Ses armes sont ses yeux & ses divers appas ;
Si leurs coups enchanteurs font sentir le trépas,
Cette mort est si douce & si digne d'envie,
Que l'on en goûte mieux tout le prix de la vie.

Qu'un Amant malheureux habite les hameaux,
L'Amante doit les fuir, ils aigriraient ses maux ;
On ne peut y guérir qu'en s'occupant sans cesse.
Votre corps fut formé par la délicatesse,
Et le Dieu des Amours est un enfant mutin
Que l'on ne chasse point la navette à la main.
Le calme de nos bois, leur sombre solitude,
Livreraient trop votre ame à son inquiétude.
Le lierre, le zéphir, les oiseaux amoureux,
D'un cœur encore tendre exciteraient les feux,
Tout vous attristerait ; cette brillante rose,
Aux regards de Phébus à peine encore éclose,
Qui, d'un engagement craignant peu le danger,
Ouvre son tendre sein au papillon leger,
Rappelle à votre esprit votre folle tendresse,
Peut-être... le dirai-je, un peu trop de faiblesse.
Son Amant, qu'un matin voit épris de cent fleurs,
Peint trop bien à vos yeux l'objet de vos ardeurs....
Loin de vous ce tableau qui, sans rompre vos chaînes,
Redouble, en les peignant, la rigueur de vos peines.

Oubliez le tyran qui ternit vos beaux jours :

Oubliez jufqu'aux lieux témoins de vos amours.
« Ne dites-point : c'eft-là que me trouvant des charmes,
» Le perfide feignit de me rendre les armes :
» Sous ce berceau fleuri, d'un crayon impofteur,
» Il me peignit les feux que reffentait fon cœur :
» Sur cette chaife longue, un baifer plein de flamme,
» Apporta, malgré moi, le trouble dans mon ame »:
Banniffez à jamais des pareils fouvenirs,
Ils enflamment les fens, le cœur & les defirs.
Voyez plûtôt l'ingrat près d'une autre maîtreffe,
Lui jurant de vous fuir & de l'aimer fans ceffe ;
Riant de vos tranfports, divulguant vos faveurs,
S'applaudiffant enfin de voir couler vos pleurs.

Dans les premiers tranfports qu'excite la tendreffe,
Un Amant eft charmé des traits de fa maîtreffe,
Il chante les appas dont fon cœur eft épris :
« Elle mériterait de détrôner Cypris,
» L'Amour la fuit par-tout ; fur fa bouche il refpire ;
» Il brille dans fes yeux, fur fon fein il foupire » :
Mais entraîné fouvent par fa legereté,
Ce n'eft plus pour fon cœur cette même Beauté ;
Il publie en tous lieux qu'elle n'a rien d'aimable :
Ce crime eft pour le fexe un crime impardonnable.
Découvrez, s'il fe peut, que votre indigne Amant
Ait eu pour vos appas ce mépris outrageant ;
Auffitôt le dépit & la rage & la haine,
En éloignant l'Amour, briferont votre chaîne.

Orphife à quatorze ans brillait de mille attraits ;
Elle ignorait encor que l'Amour eut des traits ;
Et pour tous les plaifirs pleine d'indifférence,

Le cloître dans son cœur avait la préférence.
Bien-tôt un mur funeste aux vœux de mille Amans,
Allait nous dérober l'éclat de ses beaux ans :
Mais Clitandre la voit, la contemple, l'admire,
Jure de la ranger sous l'amoureux empire.
Il possédait cet art, ce talent séducteur,
Qui frappe, qui prévient, qui blesse un jeune cœur.
Le goût le plus nouveau brillait dans sa parure ;
Il était connaisseur en dentelle, en coeffure ;
Il mariait sa voix aux plus doux instrumens ;
Son esprit vif, folâtre, avait mille agrémens ;
Il peignait bien ses maux, son espoir, ses alarmes,
Et savait à-propos répandre quelques larmes.
Il se fait présenter, il paraît complaisant ;
Il donne à ses douceurs le ton du sentiment ;
Il fait un faux portrait du penchant qui l'entraîne ;
« Il meurt, si son vainqueur ne partage sa chaîne ».
Orphyse écoute trop ces discours dangereux ;
Le cloître perd ses droits, & Clitandre est heureux :
Mais toujours entrainé par une ame legere,
Le bien dont il est sûr, n'a plus de quoi lui plaire ;
Et ne rougissant pas de manquer à sa foi,
Bien-tôt un autre objet le range sous sa loi.

    Favori d'Apollon, toi qui sur le Parnasse
Brille depuis long-tems à la premiere place :
Toi qui connais si bien tous les ressorts du cœur,
Que n'ai-je en cet instant ton crayon enchanteur !
Je peindrais à quel point la jeune & tendre Orphyse
Regretta cet ingrat dont elle était éprise.
Un Adonis en robe, un Crésus Financier,
Un Abbé doucereux, un pétulant Guerrier,

Et mille autres envain oferent entreprendre
De bannir de fon cœur le trop heureux Clitandre :
Tous fes foins, fes foupirs étaient pour l'inconftant.
Ciel, fallait il qu'Orphyfe eût un pareil Amant !
Un jour n'écoutant plus que fa jaloufe rage,
Elle fait appeller le coureur du volage,
Et préfente fa bourfe à fes regards furpris.
Des charmes de Plutus le coureur eft épris,
Il fait voir un billet qu'il portait chez Elvire :
Orphyfe le faifit, & brûle de le lire ;
Elle l'ouvre, & fon ame a paffé dans fes yeux ;
Quel trouble la faifit ? & que lit-elle ? ô Dieux !

« Confultez, jeune Elvire, une glace fidele,
» Elle fçaura bannir tous vos foupçons jaloux :
» Orphyfe me déplaît, & n'eft pas affez belle
» Pour rappeller un cœur qui ne vit que pour vous.
Le perfide ! dit-elle, il infulte à mes charmes....
Dieux vengeurs !.... A ces mots, fes yeux noyés de
       larmes,
Ne laiffent échapper que quelques feux mourans....
Sa chambre retentit de fes gémiffemens....
Ses fanglots redoublés s'arrêtent au paffage....
Son ame paraît fuir vers le fombre rivage....
Mais bien-tôt le dépit volant à fon fecours,
Rompt fes fers trop honteux & lui rend fes beaux jours.

CHANT IV.

Amans de l'un & de l'autre sexe supposés guéris.
Il faut aimer ; mais il faut faire un bon choix.
Esquisse des vrais & des faux Amans. Dou-
ceurs inséparables de l'union de deux cœurs bien
assortis.

QUel plaisir ! quel bonheur ! j'ai fait tarir vos larmes ;
Vous ne ressentez plus ce trouble, ces allarmes,
Ces dépits, ces regrets, cette agitation,
Enfans infortunés de votre passion,
Et votre cœur goûtant un destin plus paisible,
Brave l'indigne objet qui le rendait sensible.
Achevez ; faites vous le sort le plus brillant ;
Vengez-vous dans les bras d'un vainqueur complaisant ;
Qu'il suive votre goût, & jamais ses caprices ;
Vous connaîtrez alors l'Amour & ses délices :
Ce Dieu peindra vos lys du plus vif incarnat ;
A vos yeux presque éteints il rendra leur éclat ;
Vos propos brilleront d'une nouvelle grace,
Et des tristes soupirs les ris prendront la place.
Aimez ; tout le prescrit dans la jeune saison ;
Mais tâchez d'accorder l'Amour & la raison.

Consultez cette esquisse & votre expérience ;
Des faux, des vrais Amans voyez la différence :
Les uns sont indiscrets, capricieux, jaloux,
Tous leurs propos galans sont plus fades que doux ;

Le foupçon outrageant, la baffe perfidie,
La jaloufe fureur, l'affreufe tyrannie,
Sont les Dieux qu'ils font craindre à l'objet de leurs feux;
Leur tendreffe eft à charge, ils n'aiment que pour eux.
Les autres font inftruits par le Dieu de Cythere,
Tout annonce chez eux un cœur digne de plaire;
Mille riens prévenans, un fon de voix flatteur,
Un feul gefte, un regard, tout peint leur vive ardeur;
L'àimable fentiment les conduit, les anime,
Leur amour fe foutient & s'accroît par l'eftime:
Timides & foumis, par de fréquens foupirs,
Ils ofent feulement témoigner leurs defirs:
La tendre volupté, fon agréable empire,
Sans bannir la raifon, leur caufe un doux délire:
L'objet de leur amour eft leur fuprême bien;
Ne vivant que pour lui, le monde entier n'eft rien:
Il touche, il remplit feul leur ame délicate;
Son bonheur, fon plaifir eft tout ce qui les flatte.

Que vois-je! profitant d'une fage leçon,
* Orphyfe fe décide en faveur de * Damon:
Et Damon enchanté de la naïve Orphyfe
Peint à fes pieds le feu dont fon ame eft éprife.
L'un par l'autre vaincus, l'un de l'autre vainqueurs,
Ils mêlent leurs foupirs & confondent leurs cœurs.
Si l'Amante defire & s'empreffe de plaire,
C'eft moins par fes attraits que par un feu fincere;
Et l'Amant délicat aurait moins de defirs,
Si l'Amour pour lui feul avait fait fes plaifirs.
Que le Dieu de Paphos foit toujours votre maître,

** Pour la régularité de mon plan, & pour la fatisfaction du lecteur, j'ai cru devoir ramener fur la fcene deux perfonnages, qui,
par leurs fentimens, méritaient d'être heureux.

Tous vos jours ſont à lui, puiſqu'il vous a fait naître.
Cueillez, dignes Amans, les myrthes les plus doux ;
Dans les Cieux, s'il ſe peut, faites mille jaloux :
Ne laiſſez point éteindre une flamme ſi belle ;
Comme le Dieu des cœurs, qu'elle ſoit immortelle ;
Et puiſſent vos tranſports, augmentant tous les jours,
Imiter ce ruiſſeau qui groſſit dans ſon cours.

D'autres tems, d'autres mœurs, je veux que Mélanide,
Alcmene, Mithridate, Iphygenie, Armide,
Amuſant vos loiſirs, renouvellent vos feux.
Fréquentez nos jardins les plus voluptueux.
Liſez & dévorez les douces Poéſies,
Les cœurs ſont attendris par les tendres Génies.
Conduiſez dans les champs l'objet de vos deſirs :
Oubliez l'Univers dans les bras des plaiſirs.
Pour vous, ſur ces côteaux, les fleurs croiſſent ſans ceſſe,
Dans ces ſombres vallons tout vous peint la tendreſſe,
Tout vous dit que l'Amour eſt un charmant vainqueur,
Et qu'il ſçait moins bleſſer que rendre heureux un cœur.
Voyez comme Cloris, qu'un tendre amour inſpire,
Applaudit aux chanſons que ſon Berger ſoupire :
Loin de ce cher Amant rien ne lui paraît beau ;
Des guirlandes de fleurs elle orne ſon chapeau ;
Et trouvant que c'eſt peu de couronner ſa tête,
A combler ſes deſirs la Bergere s'apprête.
Ici, pour retenir le zéphire badin,
Les jeunes arbriſſeaux qui peuplent ce jardin,
Se ſont tous décorés d'une tige fleurie ;
C'eſt l'Amour qui leur donne une nouvelle vie.
Et quand nous entendons ce murmure charmant,
Que leur feuillage épais produit en s'agitant ;

Par ces tendres soupirs, par ce muet langage,
Ils chantent les bienfaits du Dieu qui les engage.

Gagnez ce verd bosquet, séjour délicieux,
Phébus n'y porte point un regard curieux.
Voyez sur cet ormeau la tendre tourterelle,
Qui toujours amoureuse & toujours plus fidelle,
Par des accens plaintifs rappelle son Amant :
Il revient, & d'abord tous deux se béquetant,
Peignent par leurs transports leur flamme, leur con-
　　　stance,
Les ennuis, les chagrins que leur causait l'absence.

Quoi ! ce bois a porté le trouble dans vos sens !....
Il cause à votre cœur mille saisissemens !....
La flamme de vos yeux s'élance en étincelles ;....
Vous faites répéter à nos échos fideles,
Des mots entrecoupés par de fréquens soupirs !....
Mille brûlans baisers décellent vos desirs :....
Dieux, quelle émotion ! quel délire ! quel trouble !
Quel doux frémissement ! chaque instant le redouble..
Ce gazon émaillé fléchit sous votre poids....
Vos ames pour s'unir s'échappent à la fois....
Loin d'ici curieux... puissant Dieu de Cythere,
Viens, voile tes plaisirs des ombres du myftere.

F I N.